AF503924

DITHYRAMBES

KLÉBER — LOUIS-NAPOLÉON — LE MAL
ENGOUEMENT ET EXPÉRIENCE — LE POSTE DU CHATEAU-D'EAU
LE BARDE — BÉRANGER — LA RAISON

PAR

M. FÉLIX MARTIN

Prix : 8 francs

PARIS

P.-H. KRABBE, LIBRAIRE-ÉDITEUR

12, RUE DE SAVOIE

1852

DITHYRAMBES

PARIS. — DE SOYE ET Ce, IMPRIMEURS

Rue de Seine, 36

DITHYRAMBES

PAR

M. FÉLIX MARTIN

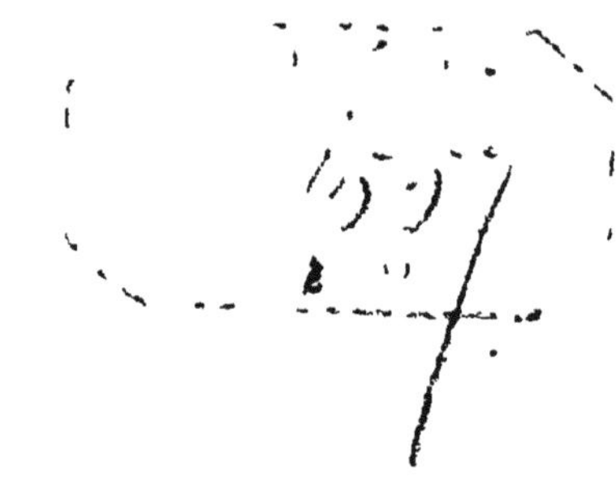

PARIS

P.-H. KRABBE, LIBRAIRE-ÉDITEUR

12, RUE DE SAVOIE

1852

KLÉBER

DITHYRAMBES

KLÉBER

Chantons Kléber; chantons, ma Muse,
Les héros, doux présents des dieux.
De silence ou d'oubli gardons qu'on ne m'accuse;
Mêle pour la vertu des sons mélodieux.
Que ma voix soit douce et légère
A ces soldats non anoblis,

Épars sous la terre étrangère,

Dans leurs lauriers ensevelis.

La palme d'Héliopolis

A peine eût ceint Kléber, que les cyprès funèbres

Lui disputaient ce front vainqueur

Déjà ses yeux éteints nageaient dans les ténèbres,

La mort déjà glaçait son cœur.

Tout gémit : un cri lamentable

Éveilla du désert la morne immensité,

Et l'armée accusait le ciel inexorable

D'une sourde complicité.

Lui se levant planta son glaive sur la plage,

Et s'écria demi glacé :

Sois un signe de mon passage

Qu'ici ma main aura dressé.

On dit qu'il ajouta : « Faut-il que je succombe

« La France avait sur ces climats

« Confié sa foudre à mon bras ;

« Sa foudre avec mon bras retombe...

« Les crimes de la liberté

« Ont déchaîné trop de tempêtes ;

« La France crut par des conquêtes

« Recouvrer sa sérénité.

« Que de fois elle a sur le monde

« Lancé ses bataillons poudreux !

« Que de fois l'hiver rigoureux

« A vu du Rhin bouillonner l'onde

« Sous nos soldats aventureux !

« Peu de profit, beaucoup de gloire

« Jusqu'ici paya ses efforts ;

« J'ai gravé son nom sur ces bords

« Avec le fer de la victoire

« Que de lauriers m'étaient promis !

« Mais Dieu m'arrête sur ces grèves ;

« Ici finissent tous mes rêves ;

« Adieu, patrie, honneurs, amis.

« Je t'entrevois, ô nuit suprême !

« Tout commence à se rembrunir ;

« Tout me quitte, mon esprit même :

« Laisse-moi du pays que j'aime

« Garder au moins le souvenir.

« Le fer d'un assassin m'arrache

« A ce pays qui m'honorait :

« De tant d'éclat qui m'entourait

« Mon cœur à regret se détache.

« Nourri dans l'horreur des combats

« D'excès pourtant ma vie est pure ;

« J'ouvris mon cœur à la nature

« Et semai le bien sous mes pas.

« Je n'ai point recherché l'empire ;

« Mon âme, soyez sans effroi.

« Des vices que la terre inspire

« Si l'hypocrisie est le pire,

« Dieu n'aura point horreur de moi. »

Il dit : sa mourante paupière

Cherchait la lointaine frontière

Où s'adressaient ces tristes mots,

Et le bord si cher où commence

      La France.

L'horizon seul bornait les flots.

L'armée, étouffant ses sanglots,

Creusa donc la terre en silence,

Et dans un drapeau turc inhuma son héros.

Je célébrerais sa vaillance ;

Mais tant d'horreurs ont fait douter

De la vertu républicaine

Que mon luth m'ose résister.

Muse, va néanmoins sur la rive africaine ;

Explore les hauts faits des héros indigents

Morts à la fleur de leur jeunesse,

Et laisse la scélératesse

Mendier à Clio des récits indulgents.

II

LOUIS-NAPOLÉON

LOUIS-NAPOLÉON

Sur un rocher de l'Helvétie
Un exilé venait gémir,
En songeant de quel avenir
Le ciel avait frustré sa vie.

L'homme qui lui donna son nom
Avait laissé le monde ébloui de sa gloire,
Et de hauts faits peuplé l'histoire.

Quinze ans des bords de l'Ourse aux sables de Memnon
    Il avait traîné la victoire.

Il se croyait un Dieu ; l'effort du monde entier
    Un jour renversa son empire
    Et l'espoir de son héritier :
    Jeune aiglon que son nid attire,
    Son filleul gémit d'émigrer ;
    On le voyait sans cesse errer
    Près des confins de sa patrie,
    Que souvent il venait pleurer
    Sur un rocher de l'Helvétie.

C'est là qu'il évoquait la gloire du héros
    Dont l'empire étreignit la terre :
    Debout sur un roc solitaire
    Il soupirait ces mots :

    « Quel éclat t'illumine encore,
    « Occident, ton astre est couché ;

« De ta voûte il s'est détaché

« Et ce n'est plus lui qu'on implore.

« Les rois tremblants le conjuraient,

« Fuyant de loin devant sa foudre :

« Les peuples courbés l'adoraient ;

« De leurs maux on les vit l'absoudre.

« Le rayon qu'il laisse après lui

« Sur l'horizon lointain qu'il dore

« N'est qu'une fugitive aurore,

« Reste d'un astre évanoui.

« Dieu d'un héros voulant doter le monde,

   « France, dit-il, sois son berceau.

« Ta léthargie, ô France ! était profonde ;

« Sur toi la mort allait mettre son sceau.

« Tout périssait ; mais ce héros t'appelle,

« Tout se ranime, une France nouvelle

« Semble à sa voix sortir de tes débris,

« Et son canon chargé par la victoire

« Sous les remparts de tes voisins surpris

« Court annoncer ton réveil et ta gloire.

« Que de fois le Danube a frémi sous ses ponts !

 « Ses soldats même ont de ces monts

 « Franchi les crêtes orgueilleuses ;

 « Partout les nations heureuses

 « Dansaient à leurs chansons joyeuses

 « Et de fleurs couronnaient leurs fronts.

« Ah ! cachez-moi ces champs d'illustres funérailles !

 « Paris au dehors répandu

 « Accueille, au retour des batailles,

 « Son héros longtemps attendu.

 « D'or et d'azur tout étincelle,

 « De joyeux chants frappent les airs ;

« Sur son char triomphal la fortune amoncelle
« Les opimes tributs de vingt peuples divers.

« Tant de puissance au ciel portait ombrage ;
  « Dieu d'un mortel devint jaloux :
  « Suscitant un dernier orage,
  « Lui-même il s'arma contre nous.
  « La France bondit, mâle et fière,
  « Voyant son chef sur sa frontière
  « S'immoler pour ses derniers droits,
  « Et son glaive rompu deux fois
  « Sous l'effort de l'Europe entière
  « Remesurer les champs gaulois.
« Mais la foudre l'enlève en un flot de poussière
« Et le jette fumant aux pieds sanglants des rois.

  « Quand son destin eut fait naufrage,
« Ses parents, ses amis atteints par ses revers,

« Cherchèrent des exils divers,

« Comme un essaim d'oiseaux dispersés par l'orage.

« Bientôt le sol natal se ferma derrière eux ;

« Moi je vins sur ces bords attendant qu'il se rouvre ;

« Cet espoir m'a rendu ce désert moins affreux.

« Mais, las ! ce seuil sacré que d'ici je découvre

  « Est lent à s'ouvrir à mes vœux.

« Héritier d'un héros j'expie ici sa gloire,

  « Quand mes persécuteurs heureux

  « Là bas exploitent sa mémoire. »

On dit qu'il ajoutait : « Ciel ! quels sont mes méfaits ?

« Quand la vertu pour moi manqua-t-elle de charmes ?

  « Mais, las ! mes yeux étaient-ils faits

  « Pour ne jamais verser de larmes !

  « Quand sur son sommet ébranlé

  « Plus d'un roi tremble de vertige,

« De ce vaste empire écroulé
« Grand Dieu, conserve en moi la tige.

« Sur nos discords, loin de punir,
« Épanche d'en haut ta clémence ;
« Qu'elle soit comme une semence
« D'où jaillisse un pur avenir !

« Libre ici du fardeau du monde,
« Ma jeunesse y goûte un abri ;
« Verse donc ta bonté féconde
« Sur la glèbe qui m'a nourri. »

III

LE MAL

LE MAL

Que j'aime le séjour des champs !
Loin du tumulte de la vie
Mon cœur y voue un culte à la mélancolie;
Là s'épanche mon âme, et là, loin des méchants,
Serpente avec les eaux ma douce rêverie.

Inspirez-moi de joyeux chants,
Lieux asile de l'innocence,

Lieux que j'aimai toujours, où je retrouve épars
        Les souvenirs de mon enfance.
        J'ai vu tomber de toutes parts
De mes illusions l'éphémère édifice ;
Je n'ai bu qu'amertume au fond de ce calice ;
Pourtant je trouve encore un charme en ces écarts,
        Où sans art se perd ma pensée.
    La liberté, dans les clubs offensée,
        Par de faux prêtres encensée,
Règne ici sans partage, a pour temple les cieux
        Et pour ministre la nature,
        Et préside sous la verdure.
        Sous des prétextes spécieux,
        Qu'elle évoque ailleurs la tempête ;
Le bruit des clubs ici faiblement se répète,
        Et quand des fleurs c'est la saison,
        L'oisiveté, chère au poëte,
        S'endort sur un lit de gazon.
        Cependant qu'en leurs lois je sonde
Tous ces globes de feu dans l'azur éclatants,

Palais où réside le temps,

Où s'envole notre âme au sortir de ce monde,

Et de la nature féconde

J'admire les travaux et les efforts constants :

J'observe l'humble plante en ses métamorphoses ;

A travers les effets je recherche les causes ;

La fleur a ses désirs, l'arbuste a ses amours ;

Tout aime et reproduit. Avant que de ces choses

Un organisateur vienne troubler le cours,

Puissé-je là finir mes jours !

Puissé-je, sans souci des besoins de la vie,

Y dévider ma trame à filets purs ourdie.

Que d'efforts pourtant sont tentés

Pour corrompre l'humble village

Et troubler ses félicités !

Promesse, astuce, erreur, tout est mis en usage.

Combien de fois, sous un ormeau,

J'ai vu les hôtes d'un hameau

Groupés autour d'un pédagogue
Qui leur contait cet apologue :

Le mal un jour arrivait à grand train ;
Frais échappé de l'écrin de Pandore,
Il accourait sous la forme d'un grain,
Pour s'emparer du monde enfant encore.
Un homme à longue barbe en ces lieux se trouvant
Lui cria : « Je sais ton histoire ;
« Je vais faire œuvre méritoire,
« Et d'un coup délivrer le monde. » Incontinent
Il l'allait écraser. « Sot, lui dit le compère ;
« Hé ! que t'importe autrui ? Laisse aller, laisse faire ;
« Laisse gémir, mais songe à toi.
« Tu n'as qu'un rôle débonnaire ;
« Moi, je te rendrai nécessaire ;
« On te fera puissant pour t'opposer à moi ;
« Tu n'es que patriarche, eh bien ! tu seras roi.
« Puisque ta barbe, ami, fait croire à ta science,

« Quand le mal ira s'étendant,

« L'homme pour le défendre accroîtra ta puissance.

« Ainsi, pactisons, et je pense

« Que, nous aidant, nous entendant,

« L'un l'autre nous poussant nous couvrirons le monde. »

Cette combinaison profonde

Obtint son gré. Tous deux font un pacte secret.

L'un va semer l'alarme et s'offrir pour défendre.

Le mal alors, sans plus attendre,

Débarque, fait son nid, pond, couve tout d'un trait,

Et ses petits, éclos à peine,

S'étendent sur l'espèce humaine,

Semant eux-mêmes de leur graine.

Peuple, depuis ce temps, sur ta bêche incliné,

Tu parcours du labeur l'illimité domaine ;

Ce monstrueux accord aux pleurs t'a condamné.

Mais aussi que de fois frémissant de colère :

« Ah ! coquin ! m'écriai-je, ah ! pervers ! ah ! flatteur

« Empoisonneur moral, méprisable imposteur,

« Débitant d'erreur populaire,

« Va-t'en ! Vous, bonnes gens, venez, écoutez-moi ;

« Il vous trompe, pouvez m'en croire,

« Sur le destin du premier roi ;

« Je vais vous conter cette histoire. »

Le Mal un jour arrivait à grand train ;

Frais échappé de l'écrin de Pandore,

Il accourait sous la forme d'un grain

Pour s'emparer du monde enfant encore.

Nul obstacle ne se trouvant

Roi ni gardes, temple ni prêtre,

Sur le globe il s'étend en maître,

Y pond un œuf, et le couvant

A des enfants il donne l'être.

Orgueil, haine, cupidité,

Ambition, fureur, vengeance,

Hypocrisie, impiété,

D'impurs désirs l'immonde engeance,
Tout éclot : dans le cœur humain
La bande campe tout entière,
Le prend, le pille, en fait litière,
Et l'ambition la première
Forme avec le crime un hymen.
Aiguillonné, l'homme s'agite
Comme brûlé d'un feu secret ;
La raison cède à l'intérêt,
Et vers Dieu retourne contrite.
Aux appétits que l'or excite
La loi veut-elle mettre un frein ?
L'abus du pouvoir souverain
De l'équité change la base ;
L'équité se redresse en vain,
Elle meurt, le nombre l'écrase.

Du bien de son voisin chacun étant jaloux,
Fait et défait la règle au gré de son caprice ;

L'hérédité, dit-on, nuit au bonheur de tous;

De menus arguments le subtil artifice

Obscurcit du bon sens le rayon pur et doux.

Chacun se fait ses droits, chacun s'exalte et s'arme;

L'avarice sonne l'alarme;

Des entrailles du globe où Dieu l'avait caché,

Elle tire le fer, en glaive le façonne;

Menacés, menaçants, aux meurtres l'on s'adonne;

Partout sévit le crime à ses pas attaché.

L'homme sentit le prix d'un maître,

Voyant son sang couler à flots.

C'est alors que parut Minos,

Qui leur dit :« Dans la paix cherchez votre bien-être.

« Je vais, l'équité m'inspirant,

« Par d'immuables lois régler tout différend.

« Mais pour les protéger j'ai besoin de puissance,

« Seule ancre de salut en vos divisions,

« L'abus en fut toujours moins fâcheux que l'absence :

« C'est un moindre fléau que vos dissensions.

   « Gardez-vous surtout des satires,

   « C'est le berceau des factions,

   « Et le plus mauvais des empires

   « Est celui de vos passions. »

On le crut, il fut roi : sur la glèbe féconde

   La paix sema longtemps son or.

   La bêche, universel trésor,

   La bêche, nourrice du monde,

Apparut ; puis le soc, puis maints outils encor ;

   Enfin, l'intelligence humaine

   Avec calme prit son essor

Dans les champs du possible, illimité domaine.

IV

ENGOUEMENT ET EXPÉRIENCE

ENGOUEMENT ET EXPÉRIENCE

Des enfants de la République
Le temps a dompté la vigueur ;
D'un frein supportant la rigueur,
La Plèbe à ses travaux s'applique.
Près du chevet de maints grabats
En des réduits gît mainte pique
Qui s'illustra dans les combats.

De ce calme opportun sont nés des jours prospères
Arc-en-ciel de bonheur levé sur nos discords,
    Fruit des longs travaux de nos pères
    Et but constant de nos efforts,

    Or, de ces preux la voix nous crie :
« Tribuns, conspirateurs, cancer de la patrie,
    « Amplificateurs vains et froids
    « Mais discoureurs infatigables,
« Ne touchez à ce fer, il brûlerait vos doigts.
« Il lutta dans nos mains pour des droits véritables ;
    « A l'humble foyer de nos toits,
    « Il fut appendu par vos mères ;
« De respects votre enfance apprit à l'entourer ;
    « Gardez de le déshonorer
    « En l'aiguisant pour des chimères. »

L'âge courbe aujourd'hui ces hardis plébéiens
    Dont il a mûri la sagesse.

Quand nous voyons l'art des historiens
    Ennoblir la scélératesse,
    Préférons l'avis des anciens ;
Chez eux tout engoûment cessait avec l'ivresse.
    J'ai vu l'un d'eux, je m'en souviens :
    Colon de l'antique Neustrie,
    Il considérait l'industrie
    Décuplant le produit des biens.
    Possesseur d'une humble chaumine,
    Dès le souffle du renouveau
Il alignait ses plants, émondait l'aubépine,
    Sous la loi d'un juste niveau
    En berceaux recourbait l'acanthe,
    Ou sur la tige renaissante
    Épiait le printemps nouveau.
    Mais si dans sa coupe écumante
    S'épanchait un vin généreux,
    Aux fils oisifs des anciens preux
Il racontait alors la valeur paternelle
    Et nos combats sur la Moselle,

Et des Anglais l'art ténébreux

Éternisant notre querelle ;

Et quelle ivresse universelle

Dans sa gloire égarait Paris,

Quand du Rhin accourait quelque heureuse nouvelle

Danton éclatant par ces cris :

« O honneur ! ô Plèbe insurgée

« Contre l'orgueil des rois et les défis des grands !

« Jemmape a vu plier leurs rangs,

« Un combat t'a déjà vengée.

« Des potentats stérile appui

« Leur triple nombre enfin a fui,

« Et ta frontière en est purgée.

« Les Arts graveront sur l'airain

« Ce réveil d'une nuit profonde ;

« Ta lutte, en ébranlant le monde,

« De l'histoire émeut le burin.

« Sans fléchir fais tête à l'orage ;

« Jamais un joug ne fut léger.

« Qui réfléchit sur le danger

« Est bien près de perdre courage.

« Que les rois cherchent dans les cieux

« Une autorité pour leurs crimes ;

« Instruis ici-bas leurs victimes

« A rompre des fers odieux.

« Que ne puis-je mouvoir la terre,

« Je fracasserais sous son poids

« Ce vain respect héréditaire

« Assis au front chagrin des rois ! »

Danton, ajoutait-il, rompt alors une chaîne

Qu'aujourd'hui remûraient à peine

Deux des hommes que nous voyons,

Tant a décru l'espèce humaine.

Aussitôt en longs tourbillons,

Sur des préjugés séculaires

Se déchaîne l'élan des fureurs populaires.

La Plèbe sentait dans son sein

Palpiter un hardi dessein.

Au tardif honneur de la vie

Ressuscitée elle convie

La terre entière au néant asservie,

Et ses peuples infortunés,

A la torpeur en naissant condamnés

Plus haut que le sourcil d'un maître,

Ils n'avaient point levé les yeux

Vers le ciel, auteur de leur être,

Quand la France sonna leur réveil glorieux.

Des fers rompus l'âpre harmonie

En sursaut éveilla les rois ;

Les beaux-arts, doux fruits du génie,

Mêlaient leur charme à nos exploits.

Un avenir brillant de gloire

Se levait déjà sur nos maux,

Et la paix, si chère aux hameaux,

Souriait après la victoire.

Mais sitôt que cessait son vin :
« Ce temps a, disait-il, cheminé dans les larmes ;
« La Raison dévia de son sentier divin.
« Au supplice du Juste on a trouvé des charmes.
« Lé Civisme en chantant, sous un prétexte vain,
        « Chaque jour aiguisait la hache
« Que les pleurs de la veille avaient rouillée en vain,
« Tant l'homme des vertus aisément se détache.

        « La pire engeance a triomphé,
        « Ce faible espoir d'un meilleur âge
        « Gémit des coups d'un long orage,
        « Et par les clubs fut étouffé.
        « Frêle arbuste par nous greffé,
        « Sa décroissance est leur ouvrage.

« Sous le nom de fraternité,

« L'ambition, la haine et la cupidité

   « Se sont donné libre carrière,

   « Et le sang a creusé l'ornière

   « Où s'embourba la liberté.

« La hache a tristement compensé notre gloire.

« Enfants, des biens acquis jouissez en repos,

   « Et gardez-vous mal à propos

   « De recommencer notre histoire. »

V

LE POSTE DU CHATEAU D'EAU

LE POSTE DU CHATEAU D'EAU

Quand la terre a produit un enfant qui l'honore
Et tiré de son sein le bienfait d'un héros,
D'un travail surhumain comme souffrante encore,
On la voit pour un temps rentrer en son repos.
Chaque peuple eut son tour de gloire et d'atonie
Et versa le reflet de ses jours éclatants
    Sur ses jours de monotonie :
    Napoléon, bien qu'on le nie,

En un moule sublime a formé notre temps,

Et nous vivrons encor longtemps

Des rognures de son génie.

C'est que Dieu nous a dit : « Homme, lève les yeux,

« Lis au front du héros un sacré caractère :

« La gloire est un rayon des cieux

« Dont j'ai doté ton hémisphère. »

Suis ce divin précepte, aime tes demi-dieux,

O plèbe inconstante et légère !

Ne livre plus ton sort aux frêlons de l'État ;

Ils t'ont ravi l'honneur, ô plèbe ! et ta pensée,

Par de vils rhéteurs abaissée,

Se contentant du vide, est terne et sans éclat.

Contre ce vol, homme, proteste ;

Fils d'Ève ou de Japet, par nos pères déchus

Des cieux qui nous étaient échus,

Gardons des cieux ce qui nous reste.

Le vertige de Février,

Pour des droits prétendus et des besoins factices,

Évoqua du cloaque où croupissent leurs vices

Les avortons de l'atelier.

La maison du vieux roi fut livrée au pillage.

Sa grâce l'ouvrier, s'installant souverain,

Sur des rois de marbre ou d'airain

Promena le fléau d'un fraternel ravage.

Ah! les haillons ont trop fasciné nos regards :

On vit sous les haillons une horde sauvage,

Dans ce Paris, foyer des arts,

Proclamer son droit au carnage.

Ce dogme de férocité,

Loin d'ébranler la garde urbaine,

Accrut son intrépidité ;

Mais la flamme entourant son poste redouté

Elle entrevit sa fin prochaine.

Son chef alors suspend le feu,

Assemble ses compagnons d'armes,

Et dans un chant, exempt d'alarmes,

Leur adresse ce mâle adieu :

« Mourons ici, soldats, l'honneur l'exige ;
« Voici venir un empire odieux :
« J'entends un cri, c'est un cri de vertige ;
« De ses flatteurs le peuple fait ses Dieux.

« Notre vieux roi que la peur aiguillonne
« Vers l'Océan fuit tristement ;
« Prête à mourir, sa garde l'environne ;
« Lui seul il manque à son serment.

« Quoi ! sans combattre a-t-il pu se résoudre
« D'un si beau ciel à quitter le sommet ?
« De ses frayeurs croit-il se faire absoudre ?...
« A des pillards, le lâche, il se soumet !

« Est-ce donc là ce prince magnanime
« Sous le diadême admiré ?...
« Sa pourpre cache un cœur pusillanime ;
« Il fuit pâle et décoloré.

« De tes grandeurs, France, le cours s'achève,
« Ton rang s'abaisse et jette un moindre éclat ;
« Tel un navire échoué sur la grève
« Dont lentement on voit sombrer le mât.

« Rompant les fers de prétendus esclaves,
  « Quel nouveau roi surgit, hélas !...
« C'est l'ouvrier, couvert du sang des braves,
  « Glorifiant son coutelas.

« Sur des tombeaux le voici qui s'avance ;
« D'un sot éloge il hume la fadeur ;
« Parmi les morts l'effroi qui le devance
« Sert de degrés à sa triste grandeur.

« Qu'est devenu ce noble diadême
  « Rayonnant sur nos bataillons !
« Pour nous régir voyez au rang suprême
  « Se hisser de hideux haillons.

« Mourons ici, soldats, l'honneur l'exige ;
« Voici venir un empire odieux :
« J'entends un cri, c'est un cri de vertige ;
« De ses flatteurs le peuple fait ses dieux,

« Plus d'un tribun, esprit vide et frivole,
 « Se targue de capacité ;
« Quand d'un journal l'éloge bénévole
 « Seul a fait sa célébrité.

« En tes flatteurs, peuple crédule, espère ;
« Leur cœur est pur, leur savoir est profond ;
« En attendant le bien qu'ils veulent faire,
« Cours applaudir aux ruines qu'ils font.

« Quels faits ont donc signalé leur génie ?
 « Par quels travaux t'ont-ils séduit ?. .
« Mensonge, entrave, injure, calomnie,
 « Voilà tout ce qu'ils ont produit.

« De tes grandeurs, France, le cours s'achève ;

« Ton rang s'abaisse et jette un moindre éclat,

« Tel un navire échoué sur la grève

« Dont lentement on voit sombrer le mât.

« Trône, splendeur, beaux-arts, palais, richesse,

  « Sous des pillards tout disparaît ;

« De ton passé la majesté s'affaisse

  « Sous le choc d'un vil intérêt.

« Faut-il ainsi voir crouler sa patrie

« Privée, hélas ! du sceptre de ses rois !

« Voir tant de Gloire en un seul jour flétrie

« Et la crapule improvisant des droits !

« France, où t'égare une ardeur frénétique ?

  « Tu cours après un sort moins beau.

« Tu périras du mal démocratique,

  « Chaque accès te pousse au tombeau.

« Mourons ici, soldats, l'honneur l'exige ;

« Voici venir un empire odieux :

« J'entends un cri, c'est un cri de vertige,

« De ses flatteurs le peuple fait ses Dieux. »

Cependant la muraille avec fracas s'écroule,

Et du poste embrasé l'accès s'ouvre à la foule.

L'air alors retentit de féroces transports ;

On se pousse, on se précipite,

On rugit de fureur..... tout cède à leurs efforts,

Et le couteau se plonge en un sang qui palpite.

Ce sang était celui de généreux soldats ;

D'Anvers au sommet de l'Atlas,

Dans les fastes d'un double monde

La gloire avait conduit leurs pas.

Ils aspiraient au calme après de longs combats ;

Mais des porcs le supplice immonde

Les attendait, hélas ! en des foyers ingrats.

On a, glorifiant ce crime,

Déifié les égorgeurs ;

Point d'horreurs qu'on ne légitime,

Et la vertu que l'on opprime

Attend vainement des vengeurs.

D'orateurs furibonds la morale est victime.

Que de fléaux cachés dans l'âme d'un tribun !

Le sympathique appui d'un éloge importun

Encourage à nos yeux le poignard et la torche.

Muse, verse la honte à ces dévastateurs,

Verse l'opprobre à leurs flatteurs ;

Ainsi qu'un fer brûlant que mon vers les écorche !

O Pudeur ! où donc est ta loi ?...

J'entends louer des faits que la vertu condamne,

Et dans son temple diaphane

On viole Clio ; Lamartine en fait foi.

Le crime n'a plus rien qui souille !

Je vois jeter les fleurs du Pinde qu'on dépouille

Sur le charnier du peuple-roi.

VI

LE BARDE

LE BARDE

« Barde, voici le printemps qui s'avance ;
« Viens, instruis-nous à fronder le vieux roi ;
« Viens, ta réforme a l'air d'une vengeance ;
« Pour son triomphe on ne peut rien sans toi.
« En des banquets où coule l'harmonie
« Distille-nous le miel de tes discours ;
« Allume encor l'éclair de ton génie,
« Et que ton chant rappelle tes beaux jours.

« Puisqu'un tyran sans remords nous opprime

« (Barde, c'est toi du moins qui nous le dis),

« Dévoile-nous son erreur ou son crime,

« Tu nous le dois, tu l'admirais jadis.

« Viens nous montrer la liberté bannie

« Ou s'égarant en de subtils détours ;

« Allume encor l'éclair de ton génie,

« Et que ton chant rappelle tes beaux jours.

« Déjà la terre encore aimable et belle

« Pare son front de pampres éclatants,

« Et le bourgeon sur la tige nouvelle

« Pleure d'amour au souffle du printemps.

« Mais le bonheur a sa monotonie ;

« On trouve un charme en de subits retours.

« Allume encor l'éclair de ton génie,

« Et que ton chant rappelle tes beaux jours. »

Ainsi parlaient les enfants de la Saône

A leur poëte vénéré ;

Celui-ci les entend ; il prend son luth sacré

Qu'on croyait enfoui sous les débris d'un trône.

Le front ceint de myrte et de fleurs,

Il vient paré d'un doux sourire ;

Au pied d'un saule il accorde sa lyre

Qu'il humecte de joyeux pleurs.

Le vent de l'Occident passant sur l'Armorique

Apportait jusqu'à lui l'écho d'hymnes pieux,

Et la suavité de maint sacré cantique.

Il se tourne et levant les yeux :

« Salut, dit-il, terre héroïque,

« Terre où la foi de nos aïeux

« A gardé son prestige antique.

« La souillure démocratique

« A respecté tes mœurs, tes dieux. »

Puis il chanta les premiers jours du monde,

Quand épaississant le chaos

Dieu d'un souffle assembla la matière inféconde

    Qui tourbillonnait dans ses flots,

D'où la terre jaillit couverte de verdure.

Puis il chanta Dodone et ses agrestes fruits,

Les premiers bêlements qu'entendit la nature,

La sainte horreur des bois frappés des premiers bruits.

Puis il chanta la mer encor vierge de rames,

Puis le charme secret qui créant à son tour

    Porta l'homme au premier amour,

L'innocence des mœurs et la candeur des âmes.

    Les rois alors étaient pasteurs ;

    Nul ne contestait leur empire ;

    Leurs lois exemptes de satires

    Ne trouvaient point de contempteurs.

    Bientôt survinrent des disputes

    Sur le droit à l'autorité,

    Et le peuple paya ces luttes

    Du prix de sa félicité.

Le vent souffla du nord ; sur son aile azurée

Il apportait le bruit de durs marteaux

    Tombant sur l'enclume honorée

    Où s'assouplissent les métaux.

Le barde se retourne et chante l'industrie :

Il dit l'art merveilleux qui d'un informe objet,

    De la nature inerte jet,

    Sous la dent de l'outil qui crie,

Tire un corps, le polit, et par de longs apprêts,

    De nos goûts savant tributaire,

    Lui communique mille attraits,

    Et la grâce, et le don de plaire.

Puis il chante l'échange : un prêtre en cheveux blancs

    Sur un port bénit un navire

    Qui part pour des climats brûlants.

    L'horizon semble lui sourire ;

On le pare de fleurs, on le comble de vœux ;

Il vogue triomphant ; les flots impétueux

Se courbent devant lui. Déjà sur l'autre rive

    La foule inquiète, attentive,

    L'accueille de transports joyeux.

Puis il maudit l'Anglais, usurpateur des ondes

Et ses iniquités fécondes ;

Il dit combien d'efforts divers

Suivis d'éclatantes disgrâces

Ont tenté d'ébranler entre ses mains rapaces

Le trident du tyran des mers.

Il chanta *le Vengeur :* « Pourquoi trembler, mon âme,

« Dit-il ; viens voir de près d'héroïques trépas

« Et les flots couronnés d'une immortelle flamme.

« Prairial brillait dans nos mâts ;

« Les profondeurs des mers frémirent

« Du bruit de meurtriers combats ;

« L'horizon s'obscurcit, et les destins permirent

« Que l'onde se teignit du sang de nos soldats.

« Déjà le gouffre les dévore ;

« Villaret les rappelle en vain ;

« Leur voix par degrés moins sonore

« Des Marseillais entonne encore

« Le chant guerrier, hymne divin
« Qu'un jour de danger fit éclore.
« Sur les bords de l'Éternité
« Ils faisaient retentir le nom de la patrie
« Et l'hymne de la liberté.
« L'enfer s'émut de leur furie ;
« Il crut voir ses flancs entr'ouverts
« Et le limon vainqueur de l'onde
« Après mille ans chasser les mers
« Hors de leur cavité profonde.
« Le Dieu pasteur du noir troupeau
« S'élance de son trône ; un vain effroi l'inspire,
« Et troublé par ce chant nouveau,
« Inattendu dans son empire,
« Porte la main à son bandeau. »

Le vent souffla de l'Est : sur son aile brumeuse
Il apportait le bruit redit par maints échos
De nos anciens combats sur la Sambre ou la Meuse ;
Le barde se retourne et chante nos héros :

« Que du présent le passé le console ;

« France, quel peuple eut des destins si beaux !

« Vois, de tes fils arborant l'auréole

« La gloire en deuil gémir sur leurs tombeaux.

« La liberté, debout sur leur ruine,

« Montre ton ciel à vingt rois envieux ;

« Plus d'un vieux culte eut moins noble origine,

 « Héros français ! soyez mes dieux.

« La foudre en vain gronde aux flancs du Caucase ;

« Le pôle incline un front moins révéré ;

« Jérusalem n'a plus rien qui m'embrase ;

« A des tyrans elle sert de degré.

« Le siècle ému du cri de leurs victimes

« Broßa du pied ces spectres odieux ;

« Pour nos vengeurs des vœux sont légitimes ;

 « Héros français ! soyez nos dieux.

« De nos hauts faits la terre se décore ;

« Le sang germain féconde nos exploits ;

« Mais l'arbre en fleurs aspire en vain l'aurore ;

« Il semble atteint de la langueur des rois.

« Ah ! l'humble toit est exempt de vengeance ;

« Tout y sourit au luth mélodieux ;

« Quoique la cour raille votre indigence,

   « Héros français ! soyez mes dieux. »

Le vent souffla du Sud : sur son aile brûlante

Il apportait le bruit d'une émeute incessante

   Sous prétexte de droit commun,

Et de clubs souterrains la rumeur menaçante,

   De Lyon éternel parfum.

Le barde se retourne, et, devenu tribun :

« Quoi ! contre tes aïeux l'outrage qui redouble

   « Ne t'émeut point, dit-il ; peuple, entends-tu

« Leur imputer à crime ou l'erreur ou le trouble

   « Où dut dévier leur vertu ?

« Plus d'une muse encor fatigue l'hyperbole

« Pour amasser sur eux un odieux renom,

    « Et d'injures tenant école

    « S'enroue à décrier leur nom.

« La mienne eut ce travers ; alors elle était folle,

    « Et courtisait un potentat.

« Mais laissons mon erreur, et que leur auréole

    « Brille d'un immortel éclat,

    « Malgré les fautes de Marat

    « Et les fureurs de Bentabole.

« Quand Mirabeau mourut, de regrets et de fleurs

    « Par eux sa tombe fut parée,

    « Et sa mémoire vénérée

    « Dut s'enorgueillir de leurs pleurs.

« Point ne lui fut donné d'enflammer la jeunesse

    « Partant pour le pays breton,

    « Ni d'admirer dans sa rudesse

    « L'âme inflexible de Danton ;

« Mais du feu de sa haine il échauffa la lutte

    « Qui des grands amena la chute.

    « Ces grands depuis ont provigné.

« Que font-ils à cette heure ! En d'immondes délices

   « Ils désaltèrent leurs caprices.

« Déplorant que des sens l'appétit soit borné,

« Par mille appâts ils aiguisent leurs vices,

« Et l'ouvrier qui souffre est par eux dédaigné.

    « Le lit nocturne a vu des pères

     « De baisers dans l'ombre assouvis,

     « Presser leurs filles impubères ;

« Des mères à l'inceste initier leurs fils,

« Et leurs flancs procréer des enfants et des frères.

« Ah ! princesse... où t'égare une insolite ardeur ?

« J'ai pu tout savourer, tout sentir, tout connaître,

« Dis-tu ; tout m'offre. hélas ! plénitude et fadeur.

    « Rien ne satisfait plus mon être,

« Et je ronge en secret le frein de ma pudeur. »

    « O délire ! ô fougue indomptable !

« L'universel dégoût en ton être a créé

« Des désirs inconnus depuis Pasiphaé.

« Fuyez, troupeaux ; bergers, fermez l'étable.

« Taureaux, fuyez : de faux mugissements

« Vous poursuivent dans la prairie ;

« Ils viennent provoquer d'insoucieux amants

« Qui broutent mollement l'herbe tendre et fleurie. »

Paris entend ce cri ; Paris soudain répond

Par un bruit souterrain précurseur de l'orage.

Aussitôt de son marécage

La révolte lève son front ;

De Lyon le volcan s'allume ;

Mille égoûts à la fois vomissent leur écume.

Guerre aux arts, aux palais, aux somptueux lambris !

La réforme brandit sa torche nébuleuse,

Et l'ouvrier, roi des débris,

Promène sur des morts sa grâce musculeuse.

Ce tyran des néfastes jours

Vole, détruit, tue et viole,

Gonflé d'élogieux discours

Et déchainé par l'hyperbole.

Le barde accourt, pleure, gémit,

Comme un Dieu parle à la tempête,

Harangue le torrent qui sous ses pieds frémit ;

Le torrent âpre et sourd à l'engloutir s'apprête.

D'un rocher gravissant la crête,

Il pérore et dans l'air jette profusément

Tous les rubis de sa parole.

Vains efforts ! sous ses yeux on pille, on brûle, on vole.

Il s'assied et pensif médite tristement

Sur les dangers de l'hyperbole.

Des escrocs, des voleurs, des gueux

Il voit danser l'armée immonde

Sur les ruines de ce monde

Que Dieu fit mal, et qu'eux, disent-ils, feront mieux.

Il voit de sots projets surgir l'ébauche informe

Sous prétexte d'égalité,
Et l'ouvrier, par goût pour la réforme,
Réformant sa prospérité.

Resté seul et rêveur, la tristesse l'accable ;
« Ni la plèbe ni moi ne pouvons avoir tort,
« Dit-il ; le roi seul est coupable.
« Qu'ai-je à faire avec le remord ? »
Un long soupir fend sa poitrine ;
A ses pieds gît son luth de sa main échappé ;
Chargé d'ennuis, son front s'incline ;
Il entend cette voix : « Harold, tu t'es trompé. »
Il reconnaît Laïs. Laïs, vive et légère,
Avait de ses chagrins pénétré le mystère ;
Ses charmes demi-nus frémissant sous sa main,
Elle accourait consolatrice.
« Ah ! de moi, lui dit-il, éloigne ce calice ;
« D'amertume mon cœur est plein.
« Cache-moi les tourments que souffre la nature ;

« Rends encor, rends mon jour serein ;

« Ote le crucifix qui pend à ma ceinture,

    « Et livre-moi ton sein. »

    Laïs répond par un sourire,

Et relevant son luth que l'écume a souillé,

Baise son front chagrin que les pleurs ont mouillé.

Il la sent, il renaît, s'épanouit, soupire ;

    La volupté ferme ses yeux,

Et pendant que le flot continue à détruire,

    Ses doigts distraits, égarés sur sa lyre,

    En font jaillir cet hymne harmonieux :

« O volupté ! viens bannir ma tristesse ,

« Viens, de ton charme enivre encor mes sens.

« Quand tout périt, beaux-arts, palais, richesse,

« Je sens le prix de baisers caressants.

« Voile à mes yeux l'horreur qui m'environne ;

« Au Dieu du mal je ne fais point ma cour ;

« Viens de ta main effeuiller ma couronne,

« Et fais pour moi luire encore un beau jour.

« L'aimant caché dans le sein de la femme

« M'a de bonne heure attiré sous ta loi.

« A tes langueurs j'abandonnai mon âme ;

« J'adorai tout, mais je n'aimai que toi.

« Plaisirs si doux, sylphes de mon jeune âge,

« Seriez-vous près de me fuir sans retour ?

« Ah ! demeurez, j'ai besoin d'un mirage ;

« Faites pour moi luire encore un beau jour.

« Enfin, Laïs, sur ton sein je soupire ;

« Si je suis serf, je me plais dans tes fers.

« Vois-tu là-haut l'aurore nous sourire ;

« Qu'importe alors le deuil de l'univers !

« Volupté pure, aux ailes de colombe,

« Verse à mes maux le baume de l'amour ;

« Quand sur des fleurs mollement je retombe,

« Daigne pour moi prolonger ce beau jour. »

VII

BÉRANGER

BÉRANGER

La France périssait du mal démocratique.

Détracteur du pouvoir d'un roi,

Béranger déplorait sa langueur politique

Et sentait défaillir sa foi.

Souvent, près des bords où la Seine

En se jouant caresse Auteuil,

Il se promenait seul et confiait sa peine

A l'écho surpris de son deuil.

Le calme inspirateur de l'onde

Plaisait à son cœur agité ;

La République, œuvre inféconde,

Attristait cet aïeul, vieux et désenchanté.

Souvent on l'entendait redire :

« Je veux chanter les prés, les fleurs,

« Ou le flot du liquide empire ;

« Mais la France, mourant martyre

« D'un excès de folles erreurs,

« A mes chants ne saurait sourire,

« Et je sens frémir sur ma lyre

« Comme un regret de jours meilleurs.

« Tout ce qu'on fait n'est que délire,

« Projets de fous, discours trompeurs.

« De la raison le règne expire ;

« Le regret à présent m'inspire.

« Armons mes vers de traits vengeurs.

« Muse, avec moi viens reconstruire

« Le saint amour des lois et le respect des mœurs. »

Mais reprenant son habitude,

Et cédant à ses vieux penchants,

Bientôt il retournait ses chants

Et célébrait la multitude,

Et le règne des gueux et leurs prétendus droits,

Ou de l'homme en guenille exaltant l'aptitude,

Il l'élevait sur le pavois,

Et, niant les bienfaits des rois,

Donnait leçon d'ingratitude.

La Muse un jour l'enlève, et sur sa harpe d'or

Au sommet d'un mont le transporte,

Là lui montre Paris. Paris muait encor ;

Tout y dépérissait ; l'industrie était morte,

Et le travail, du pauvre universel trésor,

Tendait la main à chaque porte.

Du génie et des arts le deuil glaçait l'essor.

Des tribuns gouvernaient par la peur et l'injure ;

Sur quiconque était respecté

De leurs discours ils dardaient la morsure,

Et de la vertu la plus pure

Ternissaient la limpidité.

C'était le règne enfin de la loquacité,

Le triomphe de l'imposture.

Le barde sent alors redoubler son souci ;

Il gémit ; sur son front vient siéger un nuage.

« Vois ce guéret stérile et ce ciel obscurci,

« Dit la Muse ; c'est ton ouvrage.

« — Moissonne-t-on pendant l'orage ?

« Dit-il ; attends la fin. — Quoi ! la fin ? la voici, »

Dit la muse. Aussitôt, dissipant tout mirage,

Son doigt de l'avenir entr'ouvre le rideau.

La République, lourd fardeau,

Retraçait de la mort la désolante image.

Sur ces murs honorés jadis

L'Europe se ruait par la frontière ouverte.

Le nombre l'emportait : luttant un contre dix,

Nos soldats succombaient ; grande était notre perte.

Les pas injurieux de poudreux bataillons

Inscrivaient nos malheurs sur nos tristes sillons.

Cependant dans les clubs on fait rage, on disserte ;

Mais bravant d'éloquents discours,

L'Europe s'avançait toujours.

De nos soldats mourants la terre était couverte ;

Au charme des beaux mots les canons étaient sourds.

Soudain, sur les hauteurs ses drapeaux apparaissent.

Adieu les mille illusions

Dont les pauvres gens se repaissent.

La plèbe avec horreur voit les ambitions ;

Un nouveau jour l'éclaire et son regret commence ;

Elle a honte de sa démence,

Et de la foi qu'elle eut dans les solutions.

L'avenir se détend, le passé se déchire ;

La vengeance et les cris éclatent à la fois ;

    Dans l'air on ouït cette voix :

      « Ta calomnie eut trop d'empire,

      « Ton ambition trop de poids.

      « Maudit soit le miel de ta voix,

« Harold ; si tu ne sus jadis où nous conduire,

      « Il fallait nous laisser nos rois. »

L'état de sa faveur dépouille la vermine ;

On fouette Indiana, l'on chasse Valentine ;

  On siffle les quêteurs de popularité,

      Faux prêtres de la liberté,

      Mais courtiers de notre ruine.

      La plèbe de son firmament

Arrache ces faux dieux, enfants de son vertige,

      Éclos en un jour d'engouement ;

D'un coup de sa raison le peuple les fustige.

On fustige Barrot : nul tribun ne sut mieux,

      Du vernis d'un prétexte honnête,

Couvrir ses plans ambitieux.

Sot éventail des factieux,

Il a contre lui-même évoqué la tempête

Dont l'éclair lui brûla les yeux,

Ouvrit sans y penser la boîte de Pandore ;

Même sans y penser, il l'ouvrirait encore.

Correct, mais monotone, il a, flasque orateur,

Répété dix-huit ans la même litanie,

Et dans un cercle étroit renfermant son génie,

Trouvé maint sot admirateur.

On fustige Arago, stérile en la science,

Mais grand enlumineur du mérite d'autrui.

On fustige Dupont, vieux sans expérience ;

Ne sachant que vanter en lui,

On a loué sa conscience.

Niais que de la presse éleva l'influence,

Qu'a-t-il produit

Pour tant de bruit ?

Tous gens haineux, hargneux, colères,

N'estimant point la liberté

Si le roi n'était insulté ;

Ou s'il mettait un terme aux troubles populaires ;

Mais vantant fort l'intuition

Du peuple en fermentation.

Puis on fustige Harold. — Courtier de monarchie

Ou chaperon de l'anarchie ;

C'est lui qui du chaos a donné le signal.

S'il servit de tuteur à maint affreux système,

C'est qu'aux fleurs de son style il s'aveuglait lui-même

Et ne distinguait plus ni le bien ni le mal.

D'une démagogie occulte,

Il reçut tour à tour et l'éloge et l'insulte ;

L'insulte, il la brava ; l'éloge l'a conquis.

Dès lors sapant les rois, gardiens des droits acquis,

Il offrit dans ses mœurs, monstrueux assemblage,

Les vœux d'un démagogue et les goûts d'un marquis.

Sa pensée inconstante, habitant un nuage,

Brillait pourtant d'un vif éclat :

Jugeant mal, sentant mieux, peindre fut son partage,

Noble cœur, faible esprit et pauvre homme d'État.

De ceux qui ne sont plus même on reprend la vie :

Tribuns hargneux, esprits pointus,

Dieu, quel déchet dans vos vertus !

De l'ornière longtemps suivie,

L'opinion soudain dévie ;

D'agitateurs de parlement,

Combien descendent tristement

Du sommet d'une fausse gloire !

Un nouvel examen se fait subitement,

Et dans les limbes de l'histoire

Pour toujours jette leur mémoire.

Entrave au bien plutôt qu'au mal,

Vermine de l'État, tarets parlementaires,

Corrodant tous les ministères,

Leur ténébreux office en somme fut fatal.

Sans idée et sans but, hormis celui de nuire.

Tous impuissants pour reconstruire,
Se coalisaient pour détruire.

Lafayette apparaît sous un jour tout nouveau :
De nos soldats vaincus fêtant les funérailles,
Et courant, lui souillé des meurtres de Versailles,
Lécher aux pieds du czar le sang de Waterloo.
L'éloge l'enchaîna ; témoin ce roi qu'il aime,
Ce roi qu'il fit hier, il l'attaque aujourd'hui ;
   Pourquoi ? c'est que pensant pour lui,
   Son journal lui dictait ce thême
   Et mettait son culte à ce prix.
   Il obéit... et voilà comme
   En votant il devint grand homme
   Et fut vanté dans les écrits.
   La presse était sa providence ;
   Mais que de fois il fut penaud
Quand la dose d'encens, prix de sa dépendance,
   Le matin lui faisait défaut.

Non loin, quel fétide encens fume ?

Des Anglais, louant le bon ton,

Corinne, du regard, adule Wellington,

Et dans l'ardeur qui la consume,

Lui jette un compliment qu'il hume.

René servit son roi d'abord par pur amour ;

Mais tombé du faîte un beau jour,

Et dans son fiel trempant sa plume,

René trahit son roi par haine de la Cour.

C'est lui qui, détracteur d'une époque héroïque,

Et bassement jaloux de nouveaux demi-dieux,

Fit entrer le premier la ruine publique

Dans ses calculs ambitieux.

Il prônait le vieux temps comme un sûr antidote :

« Périsse tout, patrie, honneur,

« Ou qu'on me rende ma marotte, »

Criait-il... Nos revers grandirent ce seigneur.

... Dans les conseils du Roi, la France en a mémoire,

On voulait de la rente alléger le fardeau ;

D'un collègue enviant la gloire

Lui seul fit de son prince avorter ce cadeau.

O honte de nos mœurs! pour ce royal déboire,

Dans le champ des partis, où règne l'âcreté,

Il cueillit des moissons de popularité.

Il a de son vivant fait sa biographie

    Pour tromper la postérité,

    Dont à bon droit il se défie.

Trop décrié jadis, aujourd'hui trop vanté,

Beau de quelques éclairs jaillissant des nuages,

Son style, tout farci d'insipides images,

Fit dévier le goût, ami de la clarté.

On fustige du mal l'insatiable armée,

    D'or et d'honneurs meute affamée,

Vils ramas de tribuns, discoureurs froids et plats,

Ou savetiers crasseux, du fond d'une boutique,

    Prétendant régler les états

    Et refondre la politique;

Puis ces vains généraux, grandis par les partis,

Et ces réformateurs par le vice abrutis ;

Puis ces hommes d'État, sans vertu ni génie,

Bercés de l'éternel espoir

Qu'ils vont écraser le pouvoir

Sous l'éclat d'une calomnie.

Ils ont à ce beau jeu joué notre bonheur ;

De René même encore ils répètent la note :

« Périsse tout, patrie, honneur,

« Ou rendez-nous notre marotte. »

. . . .

L'air soudain retentit de sinistres éclats ;

Le canon ennemi sur les hauteurs s'allume ;

Mille foudres d'airain vomissent le trépas,

Et sous le feu qui le consume

Le Louvre croule avec fracas.

Un Dieu vengeur sur nous pousse l'Europe entière ;

Avec le fer des Huns il sape nos remparts ;

8.

Ceint d'un nuage de poussière,

Il frappe sans pitié sur la cité des arts.

Le sol natal frémit ; l'air siffle, le ciel gronde,

La Seine débordée entraîne dans son onde

Un reste de palais écroulé sur ses bords ;

La ruine s'étend sur la reine du monde ;

Un avenir de pleurs sur ses débris se fonde,

Fruit amer de nos longs discords

Ainsi périt Lutèce, autrefois florissante

Quand elle vivait sous ses rois,

Mais depuis longtemps languissante

Après qu'elle eut changé ses mœurs, ses dieux, ses lois.

L'Europe trop longtemps s'inspira de ses vices ;

Trop d'esprit gâtait son bon sens ;

Tout discoureur eut son encens ;

Les beaux mots à ses yeux voilaient les précipices.

Trop tard, hélas ! elle comprit

Où conduit en ses artifices

L'intempérance de l'esprit.

Le sol français rompit sous les coups de l'épée.
Par le fer des vainqueurs la France découpée
Enrichit nos voisins de ses démembrements.
Cependant des tribuns la troupe famélique
        Debout, sur nos débris fumants,
        Criait : Vive la République !

        Ces cris raniment Béranger ;
Il verse quelques pleurs, il s'assied, il soupire,
        Puis pressant son luth il en tire
Ce chant plein d'un vieux fiel que rien n'a pu changer :

        « Elle n'est plus, la fille de mes rêves,
        « Elle n'est plus la reine des cités,
        « Et son cadavre étendu sur ces grèves
        « Repaît les yeux de vainqueurs irrités !

        « De ses malheurs sans chercher l'origine
        « Coulez mes pleurs sur ses restes chéris ;

« A mes côtés l'éclat de sa ruine

« Fait frissonner les amours et les ris.

« Est-ce donc là le fruit de tant de veilles,

« Cet avenir pour qui j'ai tant lutté !

« De l'âge d'or j'annonçais les merveilles ;

« Narguer les rois défrayait ma gaîté.

« De mon esprit évoquant la saillie

« Contre eux la haine aiguisait mes refrains ;

« D'allusions ma coupe était remplie ;

« Leurs fers légers laissaient mes jours sereins.

« Errai-je ou non ?... Ah ! mon orgueil proteste ;

« Et nous aussi nous eûmes nos succès !

« Séchez, mes pleurs ; mon luth encor me reste ;

« De la fortune instruisons le procès.

« Chez mes amis qu'à flétrir on s'applique,

« Moi je ne vois qu'honneur, talent, vertu,

« Et s'ils n'ont pu fonder leur république,
« Ci-gît du moins le vieux trône abattu.

« On a parlé de vol et de pillage ;
« Pour des héros quel bruit injurieux !
« Ne rien scruter pourtant est le plus sage ;
« Croyons- les purs et détournons les yeux.

« Enfin la France, épousant leur querelle,
« De ses tuteurs devait suivre l'élan,
« Mourir pour eux qui conspiraient pour elle
« Et dans son roi ne plus voir qu'un tyran.

« Peuple, sois fier ; ta ruine est sublime ;
« D'un beau trépas le siècle fera foi ;
« Si tes mentors t'ont poussé dans l'abîme,
« On les a vus s'y jeter avec toi.

« On me disait : «Qui donc sentit la chaîne,
« Dont le prétexte anima tes pipeaux ? »

« Prétexte ou non... Eh ! qu'importe à ma haine

« Si de la cour j'ai troublé le repos !

« L'horreur des rois me poursuit et m'oppresse ;

« J'ai toujours fui leur visage odieux ;

« Pour ennoblir ma muse vengeresse

« J'ai tout risqué, ma patrie et mes dieux.

« Ma rage aigrit le tourment que j'endure ;

« Fils de Japet, méprisons la pitié.

« Contre les cieux ce Titan qui murmure,

« Meurt avec gloire encor que foudroyé.

« Que du remords l'orgueil au moins me sauve !

« Nargue de ceux que l'orgueil corrompit ;

« Nul ne m'a vu prosterner mon front chauve

« Aux pieds d'un roi haineux et décrépit.

« Qui put sonder les replis de Tibère,

« Quand à ses pieds le sénat s'égarant

« Lui décerna, par décret de la terre,

« Des dieux romains les honneurs et le rang.

« On crut pourtant voir errer sur sa bouche

« L'orgueil amer d'un infernal souris ;

« Le nouveau dieu rida son front farouche

« Et le sénat pâlit de son mépris.

« Quels.qu'aient été vos crimes ou vos vices,

« Tribuns, rhéteurs, gueux, forçats ou filous,

« L'exil du roi signala vos services ;

« Cela suffit ; amis, je vous absous. »

La Muse alors s'indigne et d'une voix terrible :
« Arrête, lui dit-elle ; il est temps de sévir.
    « L'amour-propre est incorrigible ;
« A chanter d'autres faits le talent doit servir. »
Elle touche son luth ; sous le doigt qui le frappe,
L'instrument se détend et l'âme s'en échappe ;
L'archet devient pesant ; le barde se sent vieux.

Il sollicite en vain les sons harmonieux
Et ces hymnes d'amour que jeune il fit éclore ;
La rondeur fait défaut. Il veut chanter encore,
Et tourmentant l'archet en ses doigts enlacé
D'une rime enrichie orne un vers compassé ;
    Un son correct mais incolore
    Jaillit du luth en vain pressé.

Dans les forêts du Nord tel un bruit âpre et rauque
    S'échappe de maint tronc glacé,
    Que le vent d'hiver entrechoque.

LA RAISON

LA RAISON

Mars 1848.

Pendant qu'un frêle esquif fendant les flots amers
    Traînait sur le cristal des mers
    Le vieux roi courbé sous ses peines ;
    Quand lui-même trompant l'espoir
    Fuyait vers des plages lointaines
    Insoucieux de son devoir,

Maint bouge impur s'ouvrit et vomit sur le monde

    Pour notre deuil, un flot immonde

    De souverains hideux à voir.

Chacun cacha son or et trembla pour sa vie ;

    D'un roi ne sentant plus le poids,

    Tous les vices, fils de l'envie,

    S'insurgèrent contre les droits.

La vengeance et l'orgueil, la haine et l'imposture,

    L'ambition, la soif de l'or,

Les appétits sans nom, rebuts de la nature,

Enfin, tout ce qui couve au fond d'une âme impure,

    Pour nous régir prit son essor ;

Et l'impudicité qui brûle au sein de femmes

    Libres de tout respect humain,

    Limant le lien de l'hymen,

    Prétendait réformer les âmes.

    Sous prétexte de liberté,

Tout méfait, jusqu'au vol, se fit sa théorie ;

Tout crime eut ses honneurs et son idolâtrie,

Et l'on jeta des fleurs sur la férocité.

La raison errait sans asile :
Harold la vit, en eut pitié,
Gémit de son culte oublié.
Recueillit sa clarté débile,
Puis dans son palais l'emmena,
Et par elle illustrant son style,
De ses rayons s'environna.
D'autres beaux jours pouvaient éclore,
Mais l'inconstant l'abandonna
Pour courtiser la métaphore :
Tout dès lors vers le pire à grands pas chemina.
De rechef devant l'argutie,
La Raison s'enfuit obscurcie.
Quelqu'un la rencontrant en un club l'entraîna.

●

Là grondait la rumeur d'un éternel orage ;
Contre les droits acquis les truands faisaient rage.
Là fourmillait l'essaim des viles passions,
Les désirs éclos dans la fange
Et la cupidité, mère des factions.

La Raison restait calme, et l'on eût dit un ange

    Dans un repaire de lions,

Une robe de lin nouée à la ceinture

    Composait toute sa parure.

De ses plis s'échappaient les Désillusions.

Un quidam l'interroge et, la trouvant bourgeoise

    Chacun dès lors lui cherche noise.

La Réforme lui lance un oblique regard ;

L'Ambition la raille et le Progrès l'outrage,

Et la Fraternité, soulevant un poignard,

    Dès l'abord lui crache au visage.

    Alors l'Argument cauteleux

    Accourt, et de son ton mielleux :

Venez vous joindre à nous, la Plèbe ainsi l'ordonne,

Dit-il.

La Raison

    Je n'y vais point, trop de sang l'environne.

L'Argument

On doit chez des héros pardonner quelque erreur.

La Raison

J'ai le pillage en haine et le meurtre en horreur.

L'Argument

Ma sœur, sous ce pillage un grand dessein se cache.

La Raison

Moi, votre sœur? Non, que je sache.
D'où vous vient cet orgueil?

L'Argument

De nos communs aïeux

La Raison

Je suis fille de Dieu, vous êtes fils des hommes.

L'Argument

Malgré vos airs, parents nous sommes.

Dieu créa les rêveurs, donc je descends des dieux.
Je viens renouveler l'air, la terre et les cieux,

La Raison

L'engrenage des mots a-t-il tant de puissance ?

L'Argument

De tout progrès je suis l'essence.

La Raison

De tout je suis le fondement.

L'Argument

Des flancs de l'inconnu j'arrache la lumière.

La Raison

Moi, je la polarise ainsi qu'un pur aimant.

L'Argument

J'élevai plus d'un monument
Dont à bon droit l'Europe est fière.

La Raison

Oui ; mais j'ai fourni le ciment
Dont on a scellé chaque pierre.

L'Argument

Mon pouvoir vous étonne, attendez un moment,
Je m'en vais à vos yeux broyer la terre entière.
Vous pâlissez ? Pour moi c'est un amusement.

La Raison

Que ferez-vous de sa poussière ?

L'Argument

Quel honneur de pétrir une telle matière !

La Raison

Sur les vertus d'un mot dans un mot enchâssé,
Pensez-vous rebâtir le monde ?

L'Argument

J'en suis sûr ; d'heureux plans chaque prémisse abonde.

La Raison

Quoi ! briser l'œuvre du passé
Sur la foi d'un sujet qu'un attribut féconde !
Votre orgueil est bien haut placé.

L'Argument

Aux plus petits détails je songe.

La Raison

Alors entrez en forme et créez l'avenir.
Le peuple attend pour vous bénir.

L'Argument

Un trône dure peu dès que mon art le ronge.

La Raison

J'en ai vu choir plus d'un qu'écrasa le mensonge.

L'Argument

Même pour ses bienfaits je fais haïr un roi ;
Je puis changer en mal un acte méritoire,

Transformer en vertu l'action la plus noire.
Le crime de septembre est ennobli par moi.

La Raison

Je le sais, le fait est notoire.

L'Argument

Venez m'aider en mon emploi,
Et vous partagerez ma gloire.

La Raison

Flattez les appétits grossiers,
Trichéz la conscience, exploitez l'artifice,
Trompez, fraudez l'histoire, usurpez des lauriers,
Rien ne me plaît en votre office.
Verbe incarné de la justice
Et rédempteur des droits de tous,
Un roi m'apparaît pur et doux,
A travers votre maléfice.

La rage alors redouble, on voit de toutes parts

    Grincer des dents, briller des dards.

    L'Argument criait : « Qu'elle meure !

« Déjà depuis longtemps j'ai cousu son linceul.

    « — Frère Caïn, travaillez seul,

    « Je vous retire ma majeure, »

    Dit-elle avec calme. Aussitôt

    Éclate un orage effroyable.

L'un vote la potence et l'autre l'échafaud !

L'échafaud à la fin est jugé préférable,

Soit respect filial, soit progrès ou penchant.

Cependant la raison toujours inaltérable,

    Comme un cygne entonne ce chant :

« Dieu m'avait dit : Prends les rênes du monde ;

« Son innocence a besoin de soutien ;

« L'ambition en maux sera féconde,

« Va réchauffer les semences du bien.

« J'accours, la terre était vierge de crime ;

« D'impurs ferments couvaient au fond des cœurs.

« Après mille ans de lutte et de labeurs

« Je crus du mal avoir fermé l'abîme.

  « Mais, las ! sous prétexte d'abus,

  « Je vois crouler mon édifice ;

  « De beaux noms on pare le vice

    « Et la vertu n'est plus.

« Dès qu'en l'esprit j'eus fixé mon empire,

« L'âme frémit et s'indigna d'un frein ;

« L'homme écouta, je me plus à l'instruire ;

« D'impurs désirs je nettoyai son sein.

« Pour ses besoins je créai l'industrie ;

« J'ai par l'hymen rendu son cœur plus doux ;

« Puis l'animant, pour le salut de tous,

« D'un sentiment je formai sa patrie.

  « Mais, las ! mon règne est effacé.

  « Sous prétexte d'indépendance,

  « Les truands foulent en cadence

    « La grandeur du passé.

« Pour mieux pourvoir aux besoins de sa vie,

« J'admis l'épargne et je créai les droits.

« Mais vint le rapt, fils sournois de l'envie,

« Vint le conflit ; lors j'établis les rois.

« Bien au-dessus des haines de la terre

« J'avais posé leurs trônes radieux ;

« Siégez, leur dis-je, entre l'homme et les cieux,

« Dans un azur qui jamais ne s'altère.

    « Mais, las ! de son trompeur fanal

    « La réforme attise la flamme,

    « Et sur ma ruine on proclame

       « La liberté du mal.

« Mon appétit, dit l'homme, a sa limite,

« Pourquoi sans fin prendre peine et labeur ?

« Sonde ton cœur, vers un centre il gravite.

« Là, par l'amour, Dieu te fait créateur.

« L'amitié naît, ton être se partage ;

« But subséquent des sueurs de ton front,

« Plante, après toi tes fils récolteront.

« L'homme planta, je créai l'héritage.

   « Mais, las ! sur tout ce que je fis

   « On lance à présent l'anathème,

   « Et de l'amour paternel même

      « On veut frustrer les fils.

« Puis je formai sa plus noble alliance ;

« Émerveillé du printemps radieux,

« L'homme sentit une douce influence,

« En traits d'amour, sur lui tomber des cieux.

« Il conçut Dieu, nonobstant le sophiste,

« Se fit un culte, implora sa bonté ;

« Sitôt qu'il crut à l'immortalité,

« Moins isolé, son destin fut moins triste.

   « Mais, las ! on sape aussi la foi,

   « Et sur l'autel de la patrie

   « On rêve un Dieu plein de furie,

      « Dieu de sang et d'effroi.

« Des plus beaux jours j'entrevoyais l'aurore,

« Un choc survient, tout croule en un moment.

« L'homme effrayé considère et déplore

« Combien de fiel couve en un parlement.

« Tous les fléaux que le tribun recèle

« Fondent sur lui, l'arrachent au repos,

« Et l'anarchie arborant ses drapeaux

« Se désaltère en son sang qui ruisselle.

 « O peuple, que font tes héros?

 « Grands discours et petites choses ;

 « Ils te comblent d'apothéoses,

  « Tu meurs dans le chaos.

« N'espérons plus, l'abîme attend sa proie ;

« J'ai fait déjà trop d'efforts superflus.

« Au bord du gouffre éclate un cri de joie ;

« Singes d'Athène, ah ! voilà vos vertus !

« La France échappe à ses destins célèbres ;

« De ses grandeurs le cours s'est arrêté ;

« Trop de fureur y ternit ma clarté ;

« Vouons la France à l'ange des ténèbres.

« Hélas ! en vain contre les rois

« Chacun vante son héroïsme ;

« Moi je n'ai vu que l'égoïsme

« Décapitant les droits. »

Cependant tout est prêt, l'on a hissé la hache ;

Le bourreau se retrousse et roule un œil hagard

Quand sur sa fille abaissant son regard,

Dieu du pilori la détache.

D'un souris il brise ses fers,

Comme un ange au gouffre il l'arrache,

Mais la transporte en des déserts.

Secourable raison, reviens ; ma voix t'implore :

Sur quel parage inhabité,

Delà les sources de l'aurore,

A-t-on relégué ta clarté,

Quand sur ton autel déserté

L'Argutie ardemment restaure

Le spectre de sa déité?

Déité de tribuns, hargneuse et vengeresse,

Dont trop follement on s'éprit ;

Déité raisonnant sans cesse

Sur les sources de la richesse

Quand par elle tout s'appauvrit.

Qu'a-t-elle fait des trésors de sagesse

Péniblement amassés dans l'esprit,

Depuis qu'abandonnant le gland de Chaonie

Et le goût d'aliments grossiers,

L'homme établit des lois, produit de son génie,

Et de murs ceignit ses foyers?

Partout le verbiage étend sa tyrannie ;

Viens, on craint un reflux d'orateurs malfaisants ;

O bon sens ! éternel bon sens,

Vieux roi de l'univers, nourris de ta rosée

L'esprit de la plèbe abusée ;

Au prix de tant de sang n'avons-nous pas payé

Le tort de ton culte oublié ?

Tout argument démagogique
Du sang m'apporte le parfum ;
Je suis las de voir la logique
En guerre avec le sens commun.

FIN.

TABLE DES MATIÈRES

TABLE DES MATIÈRES

FIN DE LA TABLE.